Jef Lambeaux, Alfred Ruhemann

Jef Lambeaux, sein Leben, seine Werke und sein Kolossal-Relief Die menschlichen Leidenschaften

Antigonos

Jef Lambeaux, Alfred Ruhemann

Jef Lambeaux, sein Leben, seine Werke und sein Kolossal-Relief Die menschlichen Leidenschaften

Unveränderter Nachdruck der Originalausgabe von 1881.

1. Auflage 2024 | ISBN: 978-3-38654-983-7

Antigonos Verlag ist ein Imprint der Outlook Verlagsgesellschaft mbH.

Verlag: Outlook Verlag GmbH, Zeilweg 44, 60439 Frankfurt, Deutschland, info@outlook-verlag.de
Vertretungsberechtigt: E. Roepke, Zeilweg 44, 60439 Frankfurt, Deutschland
Druck: Libri Plureos GmbH, Friedensallee 273, 22763 Hamburg, Deutschland

JEF LAMBEAUX

SEIN LEBEN, SEINE WERKE
UND
SEIN KOLOSSAL-RELIEF

„DIE MENSCHLICHEN LEIDENSCHAFTEN"

DRUCK UND VERLAG VON PASS & GARLEB
BERLIN W.
STEGLITZER STRASSE 11.

Jef Lambeaux.

IN Belgien hat seit einigen Jahren eine Wiedergeburt der vlämischen Kunst ihren Anfang genommen, auf welche die gesamte internationale Kunstwelt sehr bald ihre Aufmerksamkeit richtete. Die deutschsprechenden Lande waren die ersten, welche diesem Wiedererwachen der Pflege der schönen Künste in Belgien besonders eifrig zuschauten und es durch zahlreiche Ankäufe den dortigen Künstlern möglich machten, es ihren grossen Ahnen und Vorbildern nachzuthun. Vor allem aber war es die Bildhauerei, welche an der Spitze dieser neuen Renaissance marschierte. Sie wurde eingeleitet und wird noch befehligt von dem Dreigestirn *Meunier, Vanderstappen* und *Lambeaux* — drei Namen, welche in aller Welt populär geworden sind. Der nationalste, vlämischte dieser drei aber ist unbestreitbar *Jef Lambeaux*. Er steht in Farbe, in der Kraft der Ausführung und im Ueberquellen alles Leidenschaftlichen unbestreitbar seinen Ahnen Rubens und Jordaens am nächsten; er ist es, der in Gesinnung und Wucht dem unsterblichen Michelangelo von allen neuzeitigen Bildnern fast ebenbürtig erscheint. Man heisst ihn, und namentlich seit Fertigstellung seines marmornen Riesenwerkes „Die menschlichen Leidenschaften"

oder „Das Calvarium der Menschlichkeit", daher nicht zu Unrecht den vlämischen Michelangelo.

Wer *Jef Lambeaux* allabendlich nach Feierabend in der Taverne Royale zu Brüssel im Kreise seiner Freunde und Bewunderer sitzen sieht, der merkt es diesem Manne dort gewiss nicht an, was er eigentlich vorstellt. Klein, hager, nervös, den ewigen, hohen Seidenhut schief auf dem Ohre, das Haupthaar straff den Ohren zu gebürstet, macht *Lambeaux* weit eher den Eindruck eines raffinierten Lebemannes, als den eines gottbegnadeten Künstlers, unter dessen Händen von Kraft und Schönheit strotzende menschliche Formen hervorzuquellen vermögen. Sofort verliert sich dieser Eindruck jedoch, sobald der Künstler zu reden beginnt. Dann lebt und sprüht alles an und in ihm, dann wird sein schlau, verschmitzt und lüstern blickendes Auge zu einem Objektiv, das sowohl edle Begeisterung für alles Künstlerische, wie auch eine überraschend schlagfertige und sichere Beurteilung aller Kunstfragen auszustrahlen vermag. In seinem privaten Leben der unverfälschteste, amüsanteste Bohème geblieben, sieht und betrachtet er Menschen und Dinge nur unter dem einen Gesichtswinkel: unter dem künstlerischer Schönheit und Begriffe. Alles,

was Kunst heisst und atmet, sprudelt und dampft in ihm, wie ein verhaltener Vesuv; all seine Nervosität gilt der Farbe, die er allerorten sieht, dem flammenden Wunsche, allem und allen mächtige Formen zu geben mit Linien reinster, idealster Schönheit. Mit einem Worte, *Jef Lambeaux* ist eine jener Künstlernaturen aus einem Gusse, welche die Natur nur in grossen Pausen anfertigt und wenn sie besonders guter Laune ist.

Dieser hochbedeutende Mann nun wurde an derselben Stätte geboren, die nun einmal zu einer geschichtlichen Wiege der vlämischen Kunst ausersehen zu sein scheint, in Antwerpen. Geboren als blutarmer Junge, als Sohn eines ganz niedrigen Handwerkers. Wahrscheinlich bekam er selbst Prügel, als sein Sinn für die Kunst sich zu offenbaren begann, denn ein praktischer kleiner Handwerker hat jedenfalls keinen rechten Begriff von einem Berufe, der nicht auf Tage- oder Wochenlohn steht. Sicher ist, dass der kleine, von seinen Altersgenossen merkwürdigerweise Napoleon genannte *Jef* – wenigstens versichert das de Taye in seinem grossen Werke über die belgischen Künstler der Gegenwart – schon vom zehnten Lebensjahre an Elementarunterricht im Zeichnen und in der

Perspektive erhielt. Der damalige Leiter der Antwerpener Akademie war noch De Kayser. *Lambeaux'* eigentlicher Lehrmeister aber war der geniale Jean Geefs. Heute zehrt die Antwerpener Kunstschule nur noch von ihrer grossen Vergangenheit. Als *Lambeaux* dort studierte, besass sie jedoch noch ihren grossen Ruf, und unseres Meisters damalige Mitschüler sind alle erstklassige Künstler geworden, wie Namen wie Alma Tadema, Herkomer, Struys, Watts, Pict-Verhaert, Theodore Verstraeten, Jan Van Beers und so fort besagen. Im Alter von neunzehn Jahren schuf *Lambeaux* seine erste selbständige Arbeit „Der Krieg". Das war 1871. Drei Jahre später legte er im „Bacchus" eine zweite Probe seines grossen Könnens ab. Seine Unabhängigkeit jedoch, sein Hinwegsetzen über alle akademischen Regeln brachte ihn um den Preis von Rom. Das verdross ihn, und er warf sich banalen Arbeiten, namentlich Kinderscenen, in die Arme. Diese waren ja am Ende ganz niedlich, aber sie brachten kaum Geld, geschweige Ruhm ein. Auch war der Boden Antwerpens dem jungen Stürmer viel zu philisterhaft. Es hat sich wirklich seitdem kein Genie mehr in der Scheldestadt selbst entwickelt. *Jef Lambeaux* schnürte also sein Bündel und beschloss damit die erste, nicht sehr glückliche Periode seiner künstlerischen Laufbahn.

Die zweite wurde eine vielleicht noch unglücklichere. *Lambeaux* selbst hört nicht gern davon sprechen, obwohl er Paris auch heute noch vergöttert und er der dortigen künstlerischen Atmosphäre, namentlich aber dem dortigen unzerstörbaren Lebensübermute und der Leichtigkeit, sich über alles hinwegzusetzen, unleugbar viel zu danken hat. Jan Van Beers war sein Verführer gewesen, und bei ihm, in dem Atelier dieses die Frivolität mit einer verblüffenden Keckheit behandelnden, ganz zum Pariser gewordenen Meisters, war *Lambeaux* mehr als künstlerischer Handlanger, denn als freier Mann thätig. In der schwärzesten Verzweiflung dachte er bereits an den Beginn einer neuen einträglicheren Laufbahn. Die See hatte ihn stets angelockt, er wollte Matrose werden. Es kam, zum Glück für den Meister, schliesslich zum gänzlichen Bruche zwischen ihm und Van Beers. *Lambeaux* lebte dann noch eine Zeit lang allein in Paris und schuf einige ziemlich naturalistische Stücke, wie „Der arme Blinde", „Aurora", „Die Schlangenbändigerin" und sonstiges. Aber es ging ihm mit einem Worte schlecht, und er benutzte die erste ihm sich bietende

Gelegenheit, um 1881 nach Brüssel zu entkommen. Mit Herstellung von Puppen für ein Wachsfigurenkabinett gedachte er sich in der belgischen Hauptstadt einzuführen. Erst als einige kunstfreundliche Männer sich zusammenthaten und *Lambeaux* für einige Zeit sicher stellten, vermochte die Lohe seiner künstlerischen Glut durch die Asche des Missgeschicks empor zu dringen. Er schuf die herrliche realistische Gruppe „Der Kuss“, die sofort von des Künstlers Vaterstadt erworben wurde. Dann folgten die heftig bewegte Scene der

Büste, von Jef Lambeaux.

„Kämpfer“, das lüsterne „Tolle Lied“ und vor allem der Springbrunnen, den jeder Besucher Antwerpens kennt, die Brabofontäne vor dem Stadthause, dieser stolze, jedes Stiles spottende und doch so harmonisch gegliederte Aufbau. Mit dem genannten und anderen Werken, so auch noch dem „Mann mit dem Adler“, eroberte *Lambeaux* sich schnell seine engere Heimat und das Ausland. Geld und Ehrenzeichen regnete es plötzlich von allen Seiten. Diese rücksichtslose, verblüffende Behandlung des Nackten, dieses wilde, bewegte Spiel

„Die menschlichen Leidenschaften‘ (Detail).

der Muskeln und Torsen, welche einem minder genialen Künstler zum ewigen Verhängnis geworden wären, wurden sein Ruhm, seine ureigene Domäne. Er warf damit aller Welt einen Handschuh hin, wie sein Brabo die abgehauene Hand des Riesen hinausschleudert, der bis zu dieser Stunde noch von keinem anderen aufgenommen worden ist.

Inmitten aller dieser Arbeiten nun und eines nichts weniger als versimpelten Lebens beschäftigte *Lambeaux* ein geradezu gigantischer Plan. Er selbst, ein leidenschaftlicher Mensch, gedachte einmal alles schildern zu wollen, was in uns vorgeht, uns bewegt, beseeligt und zerschmettert, zu unserem Glück oder zu unserem Leide, zu unserer Tröstung oder zu unserem Fluche wird. Und so reimte er Figur zu Figur, bis eines Tages der Karton der „*Menschlichen Leidenschaften*" fertig war. Als er ausgestellt wurde, wanderte fast das ganze Land, ihn zu sehen. Und doch war es nur ein Karton, der wohl die Idee, die Komposition darthun, doch durch keinerlei Ausführung fesseln konnte Zehn Jahre hatte *Lambeaux* allein über diesen nun fertigen Entwurf nachgedacht. Er wanderte in das Museum von Antwerpen — wenn ich nicht irre. Er sollte dort aber nicht als künstlerisches Unikum verstauben, sondern zuvor

erst zu einem neuen, glänzenderen Leben auferstehen. Die belgische Regierung selbst war es, welche den Künstler aufforderte, den Karton als Relief auszuführen, und zwar im edelsten Steinmaterial, in Marmor. *Lambeaux* wurde einzig und allein von dieser riesigen Arbeit über drei Jahre in Anspruch genommen. Die Regierung liess inzwischen vom bedeutendsten Architekten Belgiens, Horta, im Parc du Cinquantenaire zu Brüssel ein Heiligtum aufbauen, und dieses hat das im Herbste dieses Jahres glücklich vollendete Werk *Lambeaux'* für immer in seine Obhut erhalten. Eine wohlverdiente Ehrung!

Ich möchte nicht das verbrauchte und viel missbrauchte Wort „einzig in seiner Art" auf *Lambeaux'* Relief der „*Menschlichen Leidenschaften*" anwenden. Ja wohl, es ist einzig insofern, als es in seinen Maassen von keinem anderen modernen Relief übertroffen wird. Eine Marmorarbeit, welche eine Länge von zwölf, und eine Höhe von sieben Metern ausfüllt, stellt eine Leistung dar, welche an und für sich als einzig in ihrer Art zu bezeichnen und sehenswert ist. Der getreue Abguss des Originals, der mit Erlaubnis der belgischen Regierung in den grossen Kunstcentren des Auslandes zum Ruhme der heutigen vlämischen Kunst

„Die menschlichen Leidenschaften" (Detail).

gezeigt werden wird, besagt eben mehr. Er verschafft uns einen Eindruck, der tiefe Spuren in jedem Besucher hinterlassen muss. Wir alle wissen, was wir wert, welchen inneren Regungen wir alle unterworfen sind. So genial, so überzeugend, so dramatisch und so verlockend und abstossend aber sind sie uns noch niemals gezeigt worden, wie in *Lambeaux'* Relief. Es ist noch das geringste Verdienst des Künstlers, dass in dem Gesamtbilde so gut wie keine fundamentale menschliche Regung ausgelassen worden ist. Was wir am Relief und an seiner Gesamtwirkung bewundern müssen, ist der Schwung und das Kolossale der Linien, die Wucht, dieser Wirrwarr von Gestalten und Erscheinungen, der, wie auch im Leben selbst, scheinbar jede Harmonie, jeder versöhnliche Ausklang fehlt.

Sobald man sich aber dem ersten verblüffenden Eindruck entrissen hat, hören wir sehr bald die Leitmotive aus dieser mit Cymbeln und Posaunen zugleich tönenden Symphonie der Leidenschaften heraus, und mit einer wahren Andacht lauschen wir auf jedes einzelne derselben. Da hebt links unten die menschliche Leidenschaft von ihrer reinsten, göttlichster Quelle an. Die Mutterliebe und neben ihr die keusche Liebe des Jünglings und des Mädchens

sind zwei Stücke, welche zu den schönsten und idealsten Erzeugnissen der heutigen Bildhauerei gehören. Ueber ihnen tobt die Wollust und fordert ihre Opfer. Hier lässt *Lambeaux* all seiner leidenschaftlichen Wucht die Zügel schiessen, dieses bacchantische Toben ist mit einer Meisterschaft komponiert und entworfen, man möchte sagen, mit einer Farbenglut, welche *Lambeaux* direkt neben den Malerfürsten Peter Paul Rubens stellt. Der Tod nimmt den Mittelplan in seinem oberen Teile ein. Er hält die Wage zwischen den Leidenschaften der Sinne und des Herzens und den brutalen Instinkten der Zerstörung und Habsucht. Er schwebt über dem Manne, der des Mädchens grössten Schatz, ihre Tugend, rücksichtslos vergewaltigt, über den Kriegern, welche die Speere auf ihre bereits unterliegenden Feinde zücken. Woraus entsteht der Krieg? Aus Gier, aus Habsucht, aus Streben nach Grösse und Besitz. Alle diese Regungen umwinden uns gleich der Schlange und zerbrechen unsere Gebeine wie unsere Seelen. So lehrt uns der rechte Vordergrund. Das verlorene Paradies hat uns das Verhängnis der Leidenschaften beschert. Es war daher nur richtig, auch die Verstossung aus dem Paradiese als die Folge einer Leidenschaft zu schildern. Nicht weniger

„Die menschlichen Leidenschaften" (Gesamt-Ansicht).

den ersten Brudermord. Dieses stellt die ganze rechte Seite des Reliefs dar. Wie aber der Tod das Ende und die ganze Vergänglichkeit unseres Strebens, Haschens und Kämpfens bedeutet, so verheisst das göttliche Märtyrertum, die göttliche Liebe die endliche Erlösung von unseren Sünden. Derselbe Meister, der im Tanze der Bacchantinnen sich in wilden, verstrickten, kraftgeschwollenen Linien nicht genug thun konnte, schuf auch die in ihrer Schlichtheit so rührend und wehmütig wirkende Figur des Gekreuzigten -- ein Beweis dafür, dass *Lambeaux'* Genie die Kunst auf breitester Skala beherrscht.

Dies das Riesenrelief „Die menschlichen Leidenschaften", das der Mann, der es als die Krone seiner Lebenslaufbahn zu seinem unsterblichen Ruhme geschaffen hat. *Lambeaux* ist ein grosser und kühner Wurf gelungen. Der hohen Entwickelung, welche die Kunst in unserem Jahrhundert genommen, ist das Relief von *Lambeaux* zur hehrsten Ruhmeskrone geworden! Nec plus ultra!

BRUESSEL.

Alfred Ruhemann.